ダンス

竹中優子

Yuko Takenaka

新潮社

ダンス

今日こそ三人まとめて往復ビンタをしてやろうと堅く心に決めて会社に行った。実際、行ってみると三人は三人とも出社しておらず、「あ、なんかお休みらしいよ」と垂れ目の山羊みたいな顔をした係長が声をかけてきた。最後に休みの連絡を入れてきた下村さんに対して係長が優しく「無理しないで、ゆっくり休んで」と声をかけているのを聞いて、山羊のその善良さを私は恨んだ。同じ係の同僚たちが揃いも揃って会社を休むことが続いていた。下村さんなんて、ここ三ヶ月間、週一で休むのは当たり前、こないだは週に三日も来なかった。そのしわ寄せは完全に山羊および私に及んでいる。山羊に分かるようにあからさまにため息をついて、自分の席についた。

（そうだ。今からひとりずつの家を回って、ひとりずつビンタしよう）

そう思いながら私は黙って三人分の仕事をこなした。

私がこの会社に新卒で採用されて丸二年。下村さんは、仕事で分からないことは何でも教えてくれた。短気なところがあるけど、一回りも年齢が離れているわりに話しやすい頼りがいのあるお姉さんだった。

私が山羊に別室に呼ばれて、「仕事に慣れるより、職場に馴染むことを目標に頑張って」と優しく指導をされた日。「そんなことを言われるってことは、職場から浮いているんだ、私は……」とその時はじめて気づいてしまった私は、眉間に深い皺を作って山羊の話を聞いた。私は確かに「馴染む」というはっきりしない状態が苦手だった。毎日のように小さな遅刻を繰り返すだらしない人が職場に「馴染んで」いることで一度も怒られたところを見たことがないとか「馴染んで」いない新入社員が「表情が暗いよー。毎日鏡見て」などと声をかけられているところとか「馴染む」ってそんなに偉いのか、むしろ糞喰らえって感じなんですけど、と思いながらこんなにもはっきりと「馴染んでいない」のハンコを押される自分の立ち位置が心配にもなる。小心者の自分が嫌になって、山羊との対話終了後、肩を落として部屋を出て給湯室に行ったところで下村さんと顔を合わせた。ことの顚末を話す私に、雑な感じで相槌を打っていた下村さんは、

「そんなの、糞喰らえって感じだよ。職場には仕事しに来てんだよ」

短く見解を述べて、その場を立ち去った。

終電間際に慌てて飛び乗った地下鉄で、車窓を眺めながら、下村さんのことを考えていた。ひとつ思い出すと、それが呼び水となって次のひとつが呼び覚まされる。下村さんに怒る気持ちは引いてすっと冷静な自分が戻ってきた。

(下村さんに何があったのだろうか)

もやもやした気持ちのまま一人暮らしの部屋に帰った。疲れ切っていた私は、お風呂も入らないまま引き摺り込まれるように眠りに落ちた。


翌日、下村さんは出社してきた。最近、どうかしたんすか。なるべく自然体を装ってそう聞くと、下村さんが顔を上げて、

「今日、時間ある?」

と聞いてきた。

結局ふたりで飲みに行くことになった。そんな展開になるのは二年間働いて

はじめてのことだった。下村さんは親しみやすい人だったけど、距離を詰めてくるようなこともしない人だった。自分ひとりで堂々と立っている。そんな感じの人だ。

職場の近くによく行くベトナム料理屋があるから。下村さんはそう言った。私は体質的にお酒が一滴も飲めない。だからというわけでもないのだろうが、歓送迎会や忘年会以外に職場の同僚と飲みに行ったことは一度もない。

電飾が店内中に灯るベトナム料理屋はこぢんまりとしていて感じがよかった。春巻きやフォーや日本でいうお好み焼きみたいなやつ、と下村さんが補足説明してくれた料理を次々に頼んで、ビールと烏龍茶で乾杯したところで、下村さんは今までの人生で最高で三十六時間飲み続けたことがあるという話を始めた。若い頃は、ハイボール四十杯ぐらいなら余裕だったよ、地元にハイティーン・ブギっていうカラオケボックスがあってさ、たぶん私らが潰したようなもんねと笑いながら自分の話に自分で頷いている。次々に運ばれてくるどれも半透明な色合いの料理を私たちはお腹いっぱい食べた。

「それで三角関係に陥っちゃってさ」

すでにべろべろに酔っぱらった下村さんが俯きがちに髪をかき上げながら突如打ち明け話をしはじめた時にはその声はすっかり湿っぽいものに変わっていた。だから私仕事どころじゃないのよ、と下村さんは笑いながら言った。

「いや、関係ないですよ。仕事はして下さいよ」

そう言うと、下村さんは「そうだよね」とけらけら笑った。それから、同じ係の田中さんと下村さんは周囲に黙って二年間同棲していたこと、結婚の話が出ていて両親に挨拶に行ったこと、なんか様子がおかしいなと薄々感じていて、問い詰めたら浮気をしていて、その相手が同じ係の佐藤さんだったという事実が語られた。なんか私の方が別れることになって、ふたりが今は付き合っているわよ。下村さんがやっぱり自分の話に自分で頷きながら言う。佐藤さんは四ヶ月前に採用されたばかりの非常勤職員だ。それっていつの話ですか？　思わず聞くと、

「いつの話ってどこからどこまでのこと？　私が別れたのは一週間前よ」

一度始めてしまったら止まらなくなったのか下村さんの話は深夜一時まで続き、酔っぱらって歩くこともできない下村さんを無理やりタクシーに押し込んで自宅まで送って行った。自宅というのは、つまり田中さんと二年同棲していたというマンションで、田中さんの方が佐藤さんの家に身を寄せる形になり、下村さんは今、そのマンションで一人暮らしをしているそうだ。お風呂大きくて、気に入っているんだよ。そう言いながら、下村さんはまたけらけら笑った。

下村さんと田中さんが付き合っていたなんて、全く気がつかなかった。同棲までしていて、それが二年にわたるとは。その驚きを伝えると、

「ええ？　知らなかった？」

笑いながら下村さんは言う。誰も言わないけど、みんな知っていたわよ。係長にも、早く籍を入れな、家庭はいいものだよって健ちゃんも私もうるさいぐらい言われていたんだから。

おでこに大きく「馴染んでいない」ハンコを押された気分だった。二年も同じ空間にいて、私だけが何にも知らなかったのだ。いや、もっと早く言ってくれてもいいじゃん、と思った。いやいや、健ちゃんて何その呼び方、とも思った。

「かまぼこ」

タクシーから降りるとき、ひとりで帰れますかと聞く私に下村さんは神妙な顔つきで答えた。

「かまぼこ？」私は聞き直す。

「かまぼこに見えるんだよ、なんかあのふたり」

そう言い残して、下村さんはマンションのエントランスに消えていった。その足取りは意外としっかりしていた。私は下村さんが見えなくなるまで、タクシーの中からそれを見届けた。

翌日仕事に行くと、向かいの席に確かにかまぼこが座っていた。かまぼこの隣にもかまぼこが座っていた。係内の机の配置は、みんなを見渡せる向きに係長の机があり、そこから向かい合わせに二列、右側に下村さんと私、左側にかまぼことかまぼこが座る形だった。ふたりともパソコンのモニターを向いて、かたかたとキーボードを打っている。モニター越しにそのふたりのおでこだけがぽっこりと飛び出て見える。眉毛から下、顔はパソコンのモニターに隠れて見えない。そのおでこが、かまぼこっぽいと思わなくもない。下村さんに「確かにかまぼこっぽいですね」と言いたくなったが、この日から三日間、下村さんは仕事に来なかった。

下村さんはさらに会社を休みがちになった。私は下村さん担当の業務をフォローするために残業するのが日常になった。かまぼこ1とかまぼこ2は会社に来て普通に仕事をするようになった。彼らは淡々と業務をこなしていた。ファイルの場所を教えたり、業務の引き継ぎをするふたりを見ていると、本当に下村さんの言う恋愛問題が彼らの中に生じているのか信じられなくなるほどだった。

下村さんは可哀そうだ。

と思わなくもなかったが、勝手に起こった恋愛問題に巻き込まれて、そのフォローを自分がするのは全く納得がいかなかった。何しに会社来てんだよ、と心の中で舌打ちをしまくった。舌打ちには何の効力もなく日付が変わる時間まで残業することもあった。

「最近大変そうだねー」

社内のゴシップ好きの同僚が、にやにや笑いながら声をかけてきた。下村さんのことを言っているのだ。かまぼこたちのことはどこまで知っているのだろう。私以外の人はみんな全てを知っているのだろうか。精一杯表情に出さないように「そうでもないですよ」と答えた。

かまぼこたちのせいで下村さんは会社に来ないのだから、かまぼこたちが下村さんの仕事のフォローをするべきだと思った。しかし、下村案件の業務が発生するたびに、

「あ、それ私がやりますんで」

私の口からは思うことと真逆の言葉が飛び出てきた。私は、かまぼこたちが下村さんのフォローをすることが許せなかった。フォローをすれば許されると

でも思っているのか。心の中でそう呟きながら、書類をかまぼこ1の手から奪った。かまぼこ1は穏やかな表情をして自分の席に戻った。愚鈍な山羊が昨日のプロ野球の結果について愚痴をこぼし始めて、かまぼこ1が楽しそうにそれに相槌を打っていた。そこにかまぼこ2が「今お時間よろしいでしょうか」と声をかけて業務上の質問をかまぼこ1にし始めたりする。かまぼこ1は親切にかまぼこ2の話を聞いている。ちょっと前に当たり前だった光景が、今も同じように当たり前に目の前にあった。ただ、下村さんだけがその場にいなかった。いなくても問題なく、日常は流れていった。

それが許せなかった。それで意地になってひとりで残業を重ねた。

下村さんは出社してきたかと思うと、ちょっと驚くようなミニスカートに派手な化粧をしていた。給湯室で会うと、やっぱりけらけら笑って、昨日婚活パーティにはじめて行って、びっくりするぐらい連絡先もらっちゃったんだよと言った。実際、下村さんは目を引くような美人で、でも笑うとえくぼができて、可愛らしい親しみやすさが急に現れる、そんなギャップが魅力的な人で、そういう場所で男性から人気が集まるのも頷ける話だった。

下村さんが笑いながら、

「昨日から驚くくらい連絡が入ってさー、サラリーマンとか美容師とか飲食業とか色々いてさ。あー、これが私の可能性かって思ったら熱が三十九度まで上がった」

と言った。そう言われて改めて見ると、下村さんの顔色は真っ青で、私はあわててタクシーを呼んで下村さんを家に帰した。

下村さんを見送ってデスクに戻ると、山羊が、

「大丈夫？」

と声をかけてきた。かまぼこたちのおでこが同時に私の方を向いた。

（今、お前を殴る！）

私はかまぼこたちのおでこに向かって全力で拳を突き出した。でも、それは想像の話で、現実では、

「大丈夫です」

私の口はそう言った。ちょうど電話が鳴ったので、受話器を取って会話を終了させた。電話対応をしながら、ここは会社で、いろんな人の目がある、とか、結局この恋愛問題は三人のもので私は部外者だとか、下村さんがかまぼこを殴りたいのか本当の気持ちは分からない、とか様々な考えが頭を巡っていた。なんせ「馴染んでいない」ハンコが大きくおでこに押された私だった。他人のおでこに拳をふるう権利などないのだ。またすぐに弱気になる自分に嫌気が差した。

あー、これが私の可能性かって思ったら熱が三十九度まで上がった。

そう言っていた派手な化粧をした下村さんのくしゃくしゃの笑顔が何度も思い浮かんだ。

(可能性があるなら、十分じゃないか。贅沢者め)

その日の業務をこなしながら、今度は俄然下村さんに怒りが湧いてきた。そうだ、そうだ、自分勝手に私に迷惑をかけているのは下村さんだ。かまぼこを殴るなりなんなりして、早く下村さんが問題を解決すればいいのだ。それで婚活パーティに行きまくって、新しい素敵な相手をさっさと見つけたらいい。あんな奴別れて正解だったねーと笑い合う未来がすぐそこに待っている。なんせ下村さんには可能性が沢山あるのだ。そう思うと腹の底からムカつくようなちょっと泣きそうになるような気持ちが湧いてきて、

(よし、今日家まで行って、下村さんにビンタしよう)

という決心を固めるに至った。

その日は久しぶりに定時で仕事を切り上げた。地下鉄に乗って、この間タクシーで送って行った下村さんのマンションに向かった。

「ちょうどよかった」

玄関のドアを開けて、下村さんは私を迎え入れてくれた。化粧はすっかり落として、ボサボサの髪にパジャマ姿だった。

「熱は下がりましたか。お粥の材料買ってきたので、食べられるようなら作ります」

部屋に通してもらいながら、そう尋ねた。

「家に帰ってから爆睡したから、だいぶ回復したよ。さっき計ったら平熱だった」

笑いながら下村さんはキッチンに向かった。私にはリビングに腰掛けることを促して「あ、ちょうどお米あるよ」とか「何買ってきたの」とか「座ってなよ、最近ハマっている紅茶あるから淹れてあげる」などと軽やかに声をかけてくる。

私は手持ち無沙汰になって、キョロキョロと周りを見渡した。下村家は綺麗に整頓されて広々としていて、確かに住みやすそうな感じの良い部屋だった。

私は壁のパネルを見て、

「これが噂の追い焚き機能つきのお風呂ですか」

と言った。

「そう。気に入っているの」

下村さんが笑った。「卵チャーハンにするね」そう言って、かちゃかちゃと料理をする音が聞こえてきた。

結局下村さんが作ってくれた卵チャーハンを食べて、下村さんが淹れてくれた紅茶を飲んだところで、気になっていたことを聞いた。

「何が、ちょうどよかったんですか」

「え？」

「さっき、私が部屋に来たとき、下村さん、ちょうどよかったって言っていました」

「ああ」

下村さんは頷いて、立ち上がってリビングの向こうに消えた。しばらくして一枚の紙を持って戻ってきた。

「住宅手当を支給してもらうために、理由書を書かなきゃいけなくて。一緒に考えてもらおうかと」

「住宅手当？」

「健ちゃんと一緒に暮らしていたから、会社の規定上、私の方は住宅手当を貰っていなかったのよ。でも、こういうことがあったでしょ。引っ越しをするわけでもないのに、住宅手当を支給に切り替えてもらわないといけないから、経緯を書いた理由書が必要だって人事の担当者に言われて。だけどなんて書けばいいのかな。同棲していることはまあ住所が一緒だから会社も分かっていることだったんだけど、別れたからっていちいち会社にそれを説明しなきゃいけないなんて」

下村さんは理由書をテーブルに置いた。私はまだ何も書かれていないその紙に視線を落とした。

「でも手当は大きいからね。生活のためには申請したいわけよ」

大袈裟に首を傾げる下村さんに、ちょっと考えて、

「田中さんとは婚約までしていたんですよね？　会社に今回のことを訴えたら

どうですか」

と言った。「婚約破棄の慰謝料とかもあるじゃないですか」とも言った。

下村さんはすっと立ち上がった。今度はキッチンの方にまっすぐに歩いて、焼酎の瓶を持ち出して、コップに注ぎ始めた。私はぎょっとして立ち上がった。今まで三十九度の熱が出ていて、やっとそれが治ったところに、お酒を飲むなんて。下村さんが半分飲んだコップを慌てて取り上げる。下村さんは私の動きを面白いものを見るような目で眺めて、白い歯を覗かせてけたけた笑う。

「別れ話を切り出されたのが、連休の最終日だった。めんどくさいことは連休中に終わらせたいんだなってことが分かった」

キッチンにそのまま座り込んで、やっぱり面白そうに下村さんは言う。お酒を取り上げられた下村さんの両手はだらんと垂れて、私を追いかけては来なかった。顔は笑っているのに、首から下は人形が置かれているだけみたいにじっとそこに座り込んでいた。

「下村さんには、可能性がいっぱいあるってことじゃないですか」

私は思わず言った。

「そうなの。可能性がいっぱいあるってことなのよ」

下村さんはにこやかに答えた。「ああ、なんかすっごく眠くなってきた」そっと呟いた。

私は帰ることになった。下村さんのかたちをした人形を残して、下村さんの部屋を出た。


次に下村さんに会ったのは、会社ではなく深夜の公園だった。

下村さんの家に行った日から、土日を挟んで、月曜日になっていた。今日も下村さんは会社には来ていなかった。電話で、急に集合場所を告げられた。指定されたのはどこにでもあるような住宅街の片隅にある小さな公園だった。その場所に着いたとき、下村さんの姿は無かった。今日職場であったことを思い返しながら、下村さんの到着を待った。

今日、職場の壁掛け時計の電池が切れていて、課長が椅子に乗って時計を外そうとしていた。私は一番に気が付いて、慌てて駆け寄った。「あ、やりますよ」と声をかけると、

「気が利かないな。俺はこの時計を一番見るんだよ」

と不機嫌に言って、課長は自席に戻っていった。

時計を受け取りながら、一番に気が付いたのは私なのに、怒られるのも私なのかと納得のできない気持ちになった。後ろを振り返って辺りを見渡す。みんな自分の仕事をしている。

(こんなことを不平等に思うのは人間が小さいのか)

もやもやしながら作業を終えると、かまぼこ1が声をかけてきた。

「いつもありがとう」

穏やかな微笑み。上背があって、育ちの良さそうな、なかなかハンサムな顔立ちの男の人。誰も気が付かない私のことにまで気を配れる優しい人。恋愛という舞台で主人公になって、人を振り落とすことができる人。いや、かまぼこ1がどんな人なのか私には全く分からない。なぜなら私は部外者だから。そこまで考えたところで、黙って椅子を片付けて仕事に戻った。

公園でぼんやりしながらしばらく待っていると、下村さんは約束通り現れた。やっぱり派手な化粧をしてミニスカートをはいていた。入り口の街灯がやわらかいひかりを落としていて、その中を下村さんがこちらに向かって歩いてきた。

「婚活パーティの帰りですか」

「うん」

下村さんは素直に頷いた。近づくと、下村さんは思わず眉を顰めるほど酒臭く、

「え。本当に婚活パーティですか。めっちゃ酒臭いですよ」

と聞いた。

「ええ？　そうだよ。お酒は飲み放題なんだよ」

下村さんは答えた。

「一応言っときますけど！　婚活パーティ行ってんじゃないよ。仕事しに来いよ！」

私が言うと、下村さんがキュッと歯を見せて笑った。

「何ですか、ここ」

「かまぼこたちが住んでいる部屋があれ」

「ええ？　部屋に乗り込むんですか」

私は驚いて声を上げた。

「ううん。見に来ただけ」

下村さんは仕事で分からないところがあると的確にアドバイスをくれるよき先輩の口調で冷静に言った。

私は黙った。「見に来ただけ」なら「今から乗り込む」と言われた方がよかった気がした。よかったというのは私の勝手な感想で、下村さんには何の関係もない、自分勝手な感情だけど。

「ストーカーじゃないですか」

私は言った。「それでどれがかまぼこの住居ですか」

下村さんが小さなアパートの二階の一室を指さした。下村さんのマンションよりだいぶ安っぽい、学生が住むような小さなアパートだった。窓から灯りが漏れていた。ふたりはそこにいる。

「なんか学生が住むようなアパートですね」

見たままの感想を口にした。

「そうだね」

下村さんはそう言った。

その後は、特に何も起きない。

何の感情もなかった。することもなくて、だから下村さんの隣でしばらくじっとその窓を見上げた。下村さんもじっと窓を見上げていた。

「昔、犬小屋で寝ていた頃さ」

唐突に下村さんが言った。

「犬小屋で寝ていた頃?」

私は繰り返した。

「うち、父親がめっちゃ厳しい家庭でさ。私は小さい頃からピアノをしていて、父親が音楽の教師で私のことも指導していたのよ。コンクールとかも沢山出て、私、これでも音大出身だよ」

　下村さんが目を細めた。

「高校生の頃、父親に反発してグレててさ。コンクール当日に金髪にして舞台に出たり。それはもうめちゃめちゃ怒られたよ。家に入れてもらえなくなって。こっちも負けていられないからね。夜遊びしまくって、当然家に入れないから、庭の犬小屋でまろんと寝てた。まろんっていうのは子どもの頃から飼っていた犬の名前ね」

「まろん、犬、なるほど」

「でも、父親も私の性格知っているからさ。やめてもいいぞって言うんだよ。ちょうどいいところで言うの。やめてもいいんだぞ。それが悔しくて、ピアノ結局やめなくて、どんなに夜遊びしても練習だけは続けて、金髪も続けて、父親怒らせて、母親泣かせて、ピアノも絶対諦めなくて、大学まで行ったんだ」

下村さんはアパートを見上げたまま身動きしなかった。

「まあ、才能の限界、というか、そういうの十分分かったし、就職を機にすっぱりやめて、それからはいつか自分が結婚したら子どもに音楽を教えるのが私の夢になったの」

下村さんはそれから言葉でちょうちょ結びを作るみたいに小さく小さく言った。「平凡な夢でしょ」

「犬小屋で寝ていた過去は平凡ではないですね」

私は言う。

「結構、寝心地いいんだよ」

下村さんは笑う。「まろんは、一緒に眠ると、マルボーロみたいな匂いがするの」

「煙草の匂いですか」私は聞く。そんな犬いるだろうか。

「違うよ。お菓子の丸ボーロ。甘くていい匂い」下村さんが首を振る。

それからまたしばらく黙った。

いつの間にか公園の敷地内の私たちが立っているのと対角線上に人影があった。そちらを見やるとゆっくりと焦点が合い、黒い人影は若い男の人だということが分かった。こちらを見ているのか、と思い、反射的に体を縮めた。しかしどうも違う様子で、その人はスケートボードを始めた。ガリ、ガリ、ガッと地面を擦るボードの音が聞こえる。

下村さんもじっと人影の方を眺めている。

「健ちゃんのお給料の管理も私がしていたからさ。大体のことは分かるんだ。あのふたりが結婚したとしてどういう暮らしになるかとかさ。どういう感じかとか。想像できるの。想像できるのが、なんか笑っちゃって」

声はずっと続きを話しているが、私たちの目はさっきまでと違う光景を捉えていた。

男の人は、タンクトップに短パンを穿いていて、遠目にも鍛え抜かれた肉体を持っていることが分かる。自転車を傍らのベンチに立てかけて、無造作にカバンを放り出している。何という技か知らないが、急にカーブを切ってジャンプをする動作を、何度も何度も繰り返す。瞬間的跳躍。スケートボードが足に吸いつくように、地面から浮きあがる。あんなこと練習して何になるんだろう。どうせすぐに飽きるだろう。反射的に思った。男の人は自分の動きに納得ができないといった感じで、同じ動きを何度も何度も繰り返す。真剣に、何度でも、繰り返す。何の違いがあるのか、全く分からない。彼は声を発することもない。群れる友人もいない。ただ、同じ動きを繰り返す。

その光景の側で私たちは立ち尽くしていた。知らない人を眺めながら、私たちが先にこの場を立ち去るのだということが分かった。ここを立ち去って、私たちはどこに行くだろう。ばらばらの家に帰る。別れていく。それならいっそ、やっぱり、あの部屋に乗り込んで、全部めちゃめちゃにしませんか。そう言いそうになった。実際に言いかけたとき、

「ずっと意地で続けていると思っていた。でも手放した時に分かった。終わっちゃったけど、ちゃんと好きだった、音楽のこと。お父さんには関係なく、私がちゃんと好きだった」

下村さんの方が先に言葉を吐き出した。それから息を深く吸った。それが終わりの合図だった。私たちは無言でその場を離れた。

翌日、下村さんはちゃんと会社に出てきた。服装もブラウスに黒いロングスカートと落ち着いたもので、化粧に気合が入っているのだけは変わらなかった。

山積みになった仕事を冷静に捌いて、にこやかに電話対応をこなす。かまぼこ1が何か業務のことで声をかけていたが、それにも白い歯を見せて応じていた。

下村さんに「大丈夫ですか」と駆け寄りたい衝動に駆られたが、過剰な反応は負担になるだけかもしれないと思い直した。平静な空気を保つために、自分の仕事に集中した。

一度下村さんに書類を手渡したときに、わずかにお酒の匂いがしたような気がした。私は反射的に眉を顰めたが、下村さんは何も反応しなかった。

（あれからまたお酒を飲んだんですか）

そう聞くことはしなかった。

そうして下村さんは一週間ほど会社に出てきた。休みの続いた期間があったことがまぼろしだったかのように下村さんがいることが当たり前に変わった。

下村さんから私に個人的な話をしてくることは一度もなかった。

でも、その翌週、下村さんは一週間会社を休んだ。木曜日に電話をすると、普通に電話は繋がって、

「あのね、本当に泣きたいなら空港のロビーがいいわよ。色々思い出しちゃって。空港のロビーでなら人間は心底泣けるのよ」

などと下村さんは言った。言いながら下村さんは笑っていた。それから、

「考えたんだけど、彼は一度も嘘は言っていないのよね。出会ってしまったというだけで、彼は一度も不誠実じゃなかったの」

とも言っていた。

彼は今日も山羊の野球話に相槌を打って、ふるさと納税は何がお勧めか、みたいな話をかまぼこ2として、仕事をこなして、同僚たちからの信頼を集めて、知りませんけど、普通に生きていましたよ。私はそうも言えず「そうっすか」と答える。

「明日こそ会社に行くね」と下村さんは何度も繰り返した。そのたびに私は「そうっすね」と繰り返した。

「明日のためにも、今日はちゃんと休んで下さいね」そう付け加えた。

「うん」子どもみたいな声がかえってくる。

結局下村さんが出社しなかった金曜日に、かまぼこ2が山羊に向かって、「何をして欲しいというわけではないんです。ただ事実を知っておいて欲しいんです」

と話しているのが聞こえたが、かまぼこ2が知っていて欲しい事実というのが何なのか私には分からなかった。

その日の夜、下村さんから電話がかかってきた。すぐに電話を取ったが、男の人の声が聞こえた。

「あ、ゆりさんの後輩さんっすか。俺、今ゆりさんと飲んでいて、もの凄い酔っぱらっているんです。ひとりで帰れないぐらい。家どこですかって聞いても、あなたを呼んでほしいの一点張りで、電話させてもらいました」

ゆりさんというのが下村さんの下の名前だということに私はワンテンポ遅れて気が付く。電話の後ろに騒々しい声が溢れていた。たぶんどこかの居酒屋にいるのだろう。

「すぐに向かいます」

即答すると、男は下村さんと私が落ち合ったあの公園の名前を告げてきた。

「今、そのすぐ近くのお店にいるんで」

私は電話を切って、すぐにタクシーを拾った。


公園に着くと、下村さんが項垂れてベンチに座っていた。横にいるのは、ガタイのいい若い男の人だった。

「後輩の方ですか」

彼の口調ははっきりしていた。

下村さんは、お酒を飲んで、くっさいにおいを発していた。

あれ、この男の人、どこかで見たことがある、と思った。それからまじまじと彼を見返してみた。

「あ、ゆりさんとはここで知り合って、ノリで飲みに行こうってことになったんです、ゆりさん、最近毎日この公園にいて、正直ちょっと怖いっていうか、最初幽霊かと思いましたけど、話すとノリが合うっていうか、自分はここで毎日練習しているんで、スケボーの」

そこまで聞いて、彼が先日の人影であることに気づく。

「ああ」

私はため息のような声を出した。

「めちゃめちゃ酒強いんですよ、ゆりさん。昔カラオケボックスを潰したことがあるって。多分それ本当ですね」

男の人は柔らかだけど真面目さもある口調で言った。何というか自然と誰かの後輩ポジションになれるような人好きするような雰囲気があった。

「下村さん、大丈夫ですか。タクシーをすぐに呼ぶんで、お家に帰りましょう」

下村さんは項垂れたまま首を振った。長い髪の毛が僅かに揺れる。

「もう引っ越すの。だからお家はないの」

「引っ越すんですか」

「うん。臨時収入があったからね」

「臨時収入？」

「別れた彼氏さんから、あの、婚約破棄されたっていう人？　その人から、手切金っていうか慰謝料が振り込まれてきたらしくて」

男の人が補足を入れる。

「百五十万円！」

下村さんはそう言いながら、両手を顔の前で広げるジェスチャーをした。

「百万円でも二百万円でもないの。百五十万円。それって相場なのかなってインターネットで調べたけど、そんなものみたいだね。それでもう引っ越ししようかなって思ってさ」

下村さんがどんなに両手を広げても、百五十万円にはならない。指は十本しかない。私は電話をしてタクシーを呼んだ。五分もすれば、タクシーは迎えに来てくれる。

「受け取るんですか」

大きな声が出た。まるで札束でビンタされたみたいに、打ちのめされている

目の前の人に、

「お金渡して、解決するような人のお金、受け取るんですか」

追い討ちをかけるように聞いた。

（でも、お金は受け取った方がいい。あって困るものではないし、受け取る権利が下村さんにはある。というか、そんな個人の事情、私が口出すことじゃない）

頭をフル回転させながら、自分がかなり混乱していることに気づく。

だってどうしたってぴったり百五十万円は作れない両手で、どうやって百五十万円を受け取るのだ。

下村さんは何も言わなかった。代わりにすっかり後輩ポジションの彼が、

「今の家、彼氏さんと一緒に住んでいたんでしょ。そんなところさっさと引き払おうって話して、さっきから居酒屋で、いろんな部屋検索して。結構いい条件

の部屋あるみたいですよ」

そう言いながら、スマートフォンの画面を見せてきた。

「さっきからあなた何なんですかっ」

かっとなって私は思わず怒鳴った。ひえっ、という感じで肩をすくめた彼を横目に、下村さんが私を見た。

「せっかくだから、一緒に暮らす？」

不意打ちの下村さんの言葉に、ビンタされたのは私だった。

「……何か怒っている？」

急に黙り込んだ私の顔を、不思議そうな様子で、下村さんが覗き込んできた。

「一発殴ってきたらどうですか。今からあの部屋に乗り込みましょう」

分からない。

私は頭が真っ白になった。

怒っていた。体が震えて、声が出なくなるぐらい、怒っていた。

黙り込む私に、下村さんは「そうだね」と笑った。

「ビンタ譲ります。ビンタしてください」

重ねて私は言った。

「え？　誰に？」

下村さんは言った。

「健ちゃんですよ！」

私は答えた。

「ええ？　あんたのビンタはあんたのもんだよ。なんで私に譲るの。あんたがしなよ」

「いや、私がビンタしたいのは下村さんですから」

「やだ。そうなの」

「そうですよ。ずっとムカついているんです。下村さんの仕事の尻拭いばっかりさせられて」

「そうだよね。あんたには悪いことしているね。よし、いいよ。やりなよ」

「いや、そういうんじゃないんです。ビンタって譲られてするものじゃないんです」

「ええ？　そうでしょ。ビンタって譲られてするものじゃないでしょ。分かっているじゃん」言葉尻を捕まえて、下村さんが笑う。

「あ、タクシー来たっす！」

後輩キャラの彼が割り込むように大きな声を上げた。私と下村さんは同時に公園の入り口の方を見た。確かにタクシーが一台、そこに停車していた。

私たちは顔を見合わせて、黙った。彼が下村さんに立ち上がるように促して、下村さんはタクシーに乗り込んだ。私は下村さんに続いて後部座席に乗って、

行き先を運転手に告げた。タクシーのドアが閉まる瞬間、後輩キャラの彼が私の方を向いて、

「ゆりさん、昔、空港のロビーで別れたきり、行方不明になった彼氏がいたらしいっすよ。シンガポール行きの便に乗ったきり。なんか波乱万丈の人生ですね」

と言った。

ええ？　何？　と口は動いたが、声は出なかった。ドアは閉まって、タクシーが走り出した。

「下村さん、今の本当ですか」

私に寄り掛かるように座っている下村さんに聞くと、

「うん。健ちゃんの前の前に付き合っていた人。ほんと、ドラマみたいに失踪しちゃったの。私何にも知らなくて、仕事で出張だって言っていたからさ、空

港で見送ったのよ。でも帰って来なくて、会社の方でも随分大騒ぎになって捜索もしたらしいけど、見つからなかったの。でも犯罪に巻き込まれたとかそういうのじゃなくて、自分の意思だと思うんだよね。後から考えたら、色々思い当たることがあるんだよ。だから今でも空港のロビーにいると、あの日のことを思い出すの」

「ええ？　なんですか。どこでそういう人と知り合うんですか」

下村さんが笑い出した。

「お金もさ、まあ、貰って無駄になるものでもないし、役にも立つし。向こうにも折り合いが必要なんだろうし、あのふたりはふたりでこれから上手くいこうがいつか駄目になろうが、私はもう無関係だし。なんかこれでも色々周囲のことも考えるんだよ。会社とか彼の家族とか。みんなのこと考えるなら、これが一番いいのかなっていうね」

下村さんは目をつむったまま喋り続けた。

「あー、公園からベランダ見ているとさ、本当に終わったんだなーっていうのがよく分かったよ。一度窓が開いてさ、隠れなきゃって反射的に思って、電柱の陰に走って逃げたの。私、怪しいよね。犯罪一歩手前かも。それであぁ、本当に終わりなんだなーってはっきり分かった」

そこまで言ったとき、下村さんは、口をパカッと開けて眠った。え？　眠ったの？　と思っているうちに思い切り大きないびきをかき出した。

運転手がバックミラー越しに後部座席の様子を窺ったのが分かった。え！　今、本当に寝たの？　真面目に話を聞いていたのに！

そう思いながら、下村さんへの腹立たしさとこのまま泣き出してしまいたい気持ちを私はゆっくりと咀嚼していった。運転手の手前、自制心が働いた。

下村さんは、惨めだった。

人間ってこんなに惨めになるのかと思うと、私は何というか、ちょっと下村さんをすごいと思った。

下村さんはやせ衰えていくことが生命の輝きであるかのように、苦しんでいるんだか楽しんでいるんだかよく分からないダンスを踊っているようにも見えた。私は白けていた。これ以上私に迷惑をかけないでくれれば、それだけでいいとも思っていた。全部他人事だった。でも、「本当に泣くのなら空港のロビーがいい」とか「でも、彼はやっぱり誠実なのよ。出会ってしまっただけで、私を騙そうとは一度もしていない」などという話をするとき下村さんは不思議とハイボール四十杯飲んでハイティーン・ブギを潰した話をしている下村さんそのもので、私はふつうに笑ってその話を聞いた。下村さんが傷だらけでボロボロで消耗し切っているのは間違いないのだが、同時に下村さんはダンスを踊る才能、ダンスに夢中になる才能に輝いていた。

だから今日この瞬間の下村さんを、私は心のどこかで尊敬していた。だからこそ、私は下村さんにビンタしたかった。ふざけるな！　そうまっすぐに言いたかった。

二十分程度走ったところでタクシーは下村さんのマンションに着いた。肩を揺らして起こすと下村さんはゆっくりと目を開いて「ひとりで大丈夫」と呟いて、ひとりでタクシーを降りた。マンションに消える下村さんの後ろ姿を私は最後まで見送った。

下村さんはまた仕事に来るようになった。その様子も傍目にはちゃんと落ち着いて見えた。ちょうど下村さんの三十六歳の誕生日があって、「ご飯でも行きませんか」と誘うと婚活パーティでマッチングした人とご飯を食べに行くと言われた。

「どんな人ですか」

そう尋ねると、

「私のことをそこそこいいなって思っている男の人だよ」

と言って下村さんは笑った。それから「その代わりって言っちゃなんだけど、今度の日曜日空いている？　頼みたいことがあるんだ」と言った。

「不動産屋に行くつもりだから、ついてきてくれない？」


日曜日は、私たちが住む市では住みたい街ランキング上位常連の、お洒落なことで有名な街の駅で待ち合わせをすることになった。下村さんは改札前に約束通り現れると「不動産屋さんも来るから。何軒か候補を挙げてもらっているからこのまま内見ね」と言った。

驚いたことがひとつあった。

下村さんが言う通りに現れた不動産屋が、先日公園で酔っぱらった下村さんと一緒にいたあの後輩キャラの男の人だったということだ。

「先日は、どうも」

白い歯を見せて笑った顔が、大型犬を思わせる雰囲気があるその人は「丸山不動産の原田太郎です」と言って名刺を差し出した。

「太郎？」

「太郎です」

思い切り不審がる私の様子を察してか、

「ちゃんといい部屋を紹介します。ゆりさんには、いい引っ越しをして貰いたいんで」

太郎はそう付け加えた。

お風呂が大きな部屋がいい、ちゃんと料理ができるキッチンがほしい、三階以上で、エレベーターがあるところね、と下村さんは楽しげに条件を口にしながら歩き出した。太郎が慌てて下村さんを追い越して、行き先を案内しはじめた。私もそれに従って歩き出す。

一つ目の部屋は川べりの古いマンションで、

「古い部屋って収納が広いのはいいけど、水回りが心配だね。ほら、トイレの流水の量がなんか少ないよ。あと、駅からちょっと遠いかな」

ひとつひとつの部屋を丹念に見た下村さんはそうコメントした。

次は駅に近い単身者向けのマンションに案内された。

「ここは便利だけど、夜は外がうるさいだろうね。治安もちょっと心配かも」

窓から外を眺めながら下村さんは言った。

最後に太郎が私たちを連れて行ったのは、古いアパートを大幅にリノベーションしたという物件だった。あいにくエレベーターはなく五階まで階段で上がった。太郎も下村さんも軽々と階段を上ったが、私ひとり息を切らしながらふたりに続いた。水色のドアがレトロで可愛かった。

「おー」

先にドアを開けた下村さんの声で、下村さんがその部屋を気に入ったことが分かった。ふたりに遅れて、私も部屋に入る。実家を思い出すようなキッチンと割と広いリビング、畳の部屋と大きな窓があって、窓の向こうには隣に建っている小学校のグラウンドが見渡せる。

「この窓、いいでしょ。日当たりも風通しも抜群です。学校が近いのは、ちょっとうるさいかもしれませんけど」

太郎が窓を開けながら、下村さんを振り返る。

「平日はこっちも仕事ですもん。気になりませんよ」

「ここなら駅も近いし、スーパーとか病院とかもあって利便性は高いです。通りの向こうに行くとお洒落なカフェとかも結構あるし。立地条件は最高です」

「いいですね」

キッチンのドア付近に立って、足元を見ていると、

「あ、いいところに気が付きましたね。ここ、お風呂場とかこういう入口の段差もすべて無くしています。ゆりさんがどんなに酔っぱらって帰ってきても、転ぶ心配もありません」

太郎は私にも部屋のお勧めをしてくる。

下村さんがシンクの前に立って、上の戸棚の収納スペースを吟味しはじめる。

「何食べたい?」

私を振り返り、下村さんが白い歯を見せる。

「何ですか」

と私が聞くのと重ねて、

「カツカレー」

と太郎が答える。

「駄目だよ。カツカレーは外で食べるものだよ。カレーでいいね。それかカツは出来合いをどこかで買って来てよ」

下村さんがちょっと口を尖らせて、太郎に言う。

ごっこ遊びがはじまっていたのだと、ふたりのやりとりに私は遅れて気づく。

太郎が水道の蛇口を回して水を流した。

「水回りも問題ありません」

下村さんは頷いて、トイレを覗いた後、風呂場を見に行った。ぼんやりキッチンに立っている私の名前が呼ばれる。

顔を覗かせると、下村さんがお風呂のドアを開けて、

「入ってみなよ」

と言うのだった。

仕方なしに私はお湯の張っていない湯船に「おじゃまします」と言いながら大人しく収まった。広いというわけではないが、十分に寛げる、清潔な湯船だった。下村さんはなぜか風呂場をそれ以上見ようとせずに、キッチンの方へ姿を消した。

太郎は風呂場の蛇口もひねって、水の流れを確認していた。

手持ち無沙汰になった私は、しゃがんだ太郎と一緒にしばらくじっとその水の流れを見守った。

「風が気持ちいいねー」

と言う声がして、下村さんがベランダにいることが分かった。

「スケボー、していましたよね」

水の流れを眺めながら、気になっていたことを太郎に聞いた。

「あの時、公園で」

「ああ。はい。だいたい毎日、練習していますね」

「プロを目指しているとか？」

私が勢いづいて聞くと、

「まさか。そういうレベルじゃありません。ひとりになりたいとき、空っぽになりたいとき、ああやってスケボーをしているっていうだけです」

太郎は屈託のない笑顔を浮かべて答えた。

「そうですか」

私は言った。「なんか、こう、すごく集中していたから、ひとりっきりでも大丈夫、何の問題もない、って感じで、こう、挑んでいるって感じがしたから、すごいなあと思って眺めていました」

「ええ？」

聞き返しながら、太郎は何か眩しいものを見つめるように目を細めた。的外れなことを言ってしまったのかもしれないと、私は不安になった。

「下村さんも、そう思ったと思います。ふたりで黙り込んじゃいましたから」

「俺ぐらいのレベルの奴は掃いて捨てるぐらい沢山いますよ。好きってだけじゃ、続けられないし、それに俺、こう見えて、不動産屋の営業マンとしても上手くやっているんです。それで、時々、息抜きが必要になるって話です」

そうなんですね、と言う代わりに、口から別の言葉が飛び出した。

「なんで健ちゃんと下村さんはうまくいかなかったんでしょうか」

何故か私は太郎にそう聞いていた。聞いてから、「あ、しまった」と思った。

太郎は真面目な顔で首を捻った。

「そんなの」

蛇口を閉めて、水の流れを止めた。

「そんなの本人にしか、いや、本人にも分からないんじゃないですか」

太郎は言った。

それから眉をぎゅっと顰めて、

「子どもの頃、夏休みにひとりで家にいて、うち共働きだったんですけど、ある老夫婦がうちを訪ねてきたことがあったんです。親戚とかじゃなくて全く知らないおじいちゃんとおばあちゃん」

「え。何ですか」

戸惑う私にお構いなしに太郎は続けた。

「老夫婦曰く、自分たちは他人様の家のお風呂を借りることが趣味で、そのための旅をしている者だってことなんです。立派で、学校の校長先生みたいなおじいちゃんと上品なピアノの先生みたいなおばあちゃんですよ。泥棒みたいな感じじゃなくて。贅沢な旅は全部して、今はそういうことをしているって丁寧にやさしく説明されて。それで小学生だった自分はふたりを家にあげてお風呂を貸してあげました。その後も本当に感謝されて、喜ばれて、お風呂貸してよかったなーって思っていたんですけど、そのことを仕事から帰ってきた母親に話したらめちゃめちゃ怒られました。それで今も忘れられない思い出になっています」

「え。それでどうなったの」

思わず聞いた。

「どうもしません。それから丁寧なお礼状と高いお肉が一度だけ贈られてきました。つまり言いたいことはですね」

「うん」

「夫婦のことは夫婦にしか分からないってことです。そのおじいちゃんとおばあちゃんも何があってそうなったのかも永遠の謎です」

私は太郎の顔を真っ直ぐに見つめた。

「なんかこう……。例え話をするにしても極端だよね。極端だし、なんか的外れだし、気になりすぎて、後を引くよ」

そう言うと、太郎はぱっと灯りがつくみたいな笑顔になった。「そうですね。すみません」

そこまで話したところで、下村さんがふたたび風呂場を覗いた。

「ねえ、今日帰りにカツ丼食べて帰ろうよ。ネットで調べてみたら、駅前に美味しいところがあるんだって」

そう言うので「いいですねー」と私は答えた。「あ、かつ膳でしょ。知っています。ここら辺では有名ですよ。僕、帰りに案内しますよ」太郎はそう言いながら立ち上がって風呂場を出た。

そういう話のやりとりとか、人の出入りとか、距離感とか、ずっと前からあった日常のようだった。

廊下に立ったとき、心地よい風が吹いた。大きな窓がまだ開いたままになっていた。

「いい風だー」

私が言うと、向こうから「いい風だー」と答える下村さんの声がした。

「こちらに決めるなら三日後までにお返事下さい。仮押さえというのはできない決まりになっておりますので、他のお客様がいらっしゃったらそちらに決まってしまいますので」

太郎が不動産屋さんの口調で言った。

下村さんは頷いた。

それからまた駅前まで送ってもらう道中で太郎は下村さんに「他人の家のお風呂を借りる旅をしている上品な老夫婦」の話をした。私は二回目なので、比較的冷静にその話を聞き流すことができた。

「ええ？　何？　それ、本当にあった話？」

「本当ですよ。実際お肉も贈られてきたし。母親はめちゃめちゃ怒りながら、めちゃめちゃその肉を食べていましたよ」

「もう一回聞くけど、それ本当の話？」

ふたりのやりとりを聞きながら、後ろをのんびり歩いた。

それから私たちは「かつ膳」の暖簾をくぐった。太郎とはそこで別れた。

「返事、早めにお願いします」太郎はもう一度念を押して去っていった。

カツ丼の上を二人前頼んで待っている間、下村さんは「結局、湯船はどうだった？」と聞いてきた。なんで自分で入って確かめないんだ、と思いながら、私は、

「うーん。しっくりくる湯船でしたよ」

「ああ、しっくりくる湯船は大事だね」

頷いて、下村さんは先に運ばれてきたお水に口をつけた。

「エレベーターはないですけど、いいんですか」

私はさっきから気になっていることを聞いた。最初に譲れない条件として「エレベーターがあること」を下村さんは挙げていた。

「ああ、ないね。なんかエレベーターがないことがあの部屋の魅力のようにも思う」

と下村さんが言った。「あの階段を毎日上れば運動にもなるし。足腰、大事だし」

すっかり下村さんは、あの部屋に夢中になっていた。夢中になると、譲れない条件も早々に譲ってしまう下村さんの切り替えの早さに、本当にそれで大丈夫かよ、と舌打ちをしたくなった。「かつ膳」は白髪の亭主が一人で切り盛りしている小さなお店だった。テレビが野球中継を流していて、先客のサラリーマンがそれを見上げながらカツ丼を食べていた。

「私、野球分からないんだよね」

下村さんが言った。

「私も、全くです」

そう答えたところで二人前のカツ丼が私たちの目の前に運ばれてきた。食欲をそそる匂いが鼻に触れた。早速お箸を取って、私たちはカツ丼を食べはじめた。

「一回だけ球場に試合を見に行ったけど、もはやボールが見えないし、こう、緩急のタイミングが合わないっていうか、ちゃんと見ているときには何の展開もないし、ちょっと気が緩んでよそ見しているときに、肝心の何かが起こっているんだよ。誰かがヒットを打つとか、守備が重大なミスをするとか。そのたびにわーって歓声が上がって、慌てて周りに合わせて私も拍手とかするの。それで納得がいかなくて、一緒にいた人にそのことを訴えたんだけど、そういうものだって言うんだよ。ビール飲んで、球場の広さとか楽しんでいればいいって。ああ、そういうものかあって思って、まあビールは実際美味しかったんだけど」

「健ちゃんと行ったんですか」

私は聞いた。

「え？」

「いや、球場」

「そうだよ。野球は楽しくなかったけど、球場に入ったときの気持ちは覚えているなあ。この広ーい球場より、私の喜びの方が大きいって思ったの。その日、ふたりではじめて出かけた日だったから、すごく浮かれていたのよ。結局飲みすぎて、私その日、潰れちゃってデートどころじゃなくなったんだけど」

飲みすぎて潰れてしまったのは、下村さんが健ちゃんとのデートに本当に緊張していて、冷静でいられなかったからではないかな。

ふと下村さんという人に近づいた気がした。そんなふうに感じるのは、気のせいで、これも私の自分勝手な感情なのかもしれないな、とも思った。

テレビの野球中継は先ほどから大きな進展がなく、同じようにバットを握った人が映し出されている。三振になろうが、ヒットを打とうが、進展は進展で、大きな変化がないという認識の方が間違っているのかもしれない。

下村さんはあっという間にカツ丼を平らげた。

「美味しいですね」

「うん、美味しいね」

そう言い合って、私も下村さんにちょっと遅れてカツ丼を食べ終えた。空になったどんぶりがふたつ、目の前に並んだ。「あー、お腹いっぱい」私が言うと「あー、お腹いっぱい」下村さんも嬉しそうに言った。

「ここに住んだら、この店にもしょっちゅう来ることができますよ」

「ああ、そうだね」

下村さんが私の言うことを繰り返すのが楽しくなって、私は次の言葉を探した。

「太郎はいい奴ですね」

「うん、いい奴だね」

「よく公園にいただけの知らない人と飲みに行きましたね」

「ああ、そういうこと、よくあるよね」

下村さんは何かを思い出したように笑った。「でも不動産屋の知り合いができて、よかったよ」自分で自分に頷きながら下村さんは言った。

「あの部屋に決めるんですか」

「うん、決めるかもね」

「球場ってどれぐらい広いんですか」

「ええ。分からないけどかなり大きいよ。生きてきて目にしたものの中でも、かなり大きかったよ」

「そうですか」

そうしてその日のカツ丼は下村さんにご馳走になって、私たちは店を後にした。最後にまたテレビを見上げてみたが、五回目だったゲームが八回目になっているだけで、どちらのチームにも一点も点数が入っていないということが分かった。このまま点数が入らなかったらどうなるのだろう。

「あと、一回だね」

お金を払い終えた下村さんが私の横に来てつぶやいた。

「このまま点が入らなかったら、どうなるんでしょう」

私は聞いた。

「さあ。延長戦があるんじゃないの」

下村さんは言った。

そのまま駅までふたりで歩きながら、先ほどの部屋の気に入ったポイントを下村さんが楽しそうに話し続けた。

「あのキッチンなら、料理しやすそう」

「そうですね」

「ベランダも広いから、植物とか育てようかな」

「そうですね」

私は日頃全く興味のない野球の結果を気にしながら、下村さんの話に相槌を打った。

次の月に辞令が出て、私は他部署に異動になることがあっさり決まった。問題は解決していないが、解決したのだった。私は下村さん及びかまぼこたちの恋愛問題について、元々部外者だったが、これで完全に無関係になった。業務の皺寄せを受けるのに心底嫌気が差していたので、ほっとしたのも事実だった。

下村さんは引っ越しをしなかった。次の日には太郎に断りの連絡を入れたらしい。「え？　だって気に入っていたじゃないですか」と何度か聞いたが、「ごめんね。見学に付き合ってもらったのに」と笑うだけだった。

代わりに下村さんは、住宅手当支給の理由書を書いた。深夜の下村家で、文面を考えるのに付き合った。

「こういうのは、事実を端的に書いて、書かなくていいことは一切書かない。それでいいんじゃないですか。変に隠すと、変に突っ込まれて、面倒ですから、事実を端的に書く」

そう言うと、

「あなたにそう言われると、何かそうだなって気がしてくるわね」

下村さんも真剣な顔で頷くのだった。

「健ちゃんが運命の出会いを果たして、私たちは別々の道を歩くことになりました……」

「事実って、そういう感じ？」

下村さんが顔を上げるので、

「冗談ですよ。同居人と同居を解消することになり、ぐらいでいいんじゃないですか」

私は笑いながら答えた。

それから、下村さんは唇を尖らせながら、パソコンに文字を打ち始めた。書き始めればあっという間に書き終わる、ことの経緯はいつだって端的なのだった。その日も下村さんに晩御飯を作ってもらって、私は、ああ、下村さんのご飯を食べるの、慣れてきているなあ、と思いながらご飯を食べた。それは、なんというか私には少し怖いことだった。何が怖いとか、自分でも説明ができなかった。当たり前に自分の生活に他人がいて、その人がいることに自分が慣れて、無防備に過ごす、ということが途方もないことのように思えた。いつか酔っぱらった下村さんが「一緒に暮らす?」と適当なことを言ったとき、ものすごく傷ついてしまった自分を思い出した。このまま自然に、何気なくこの空気に溶けていけたらいいのになあ、と思うことも怖くて、自分の思考を自分で断ち切った。

終電に間に合うように、私は下村家を後にした。

後で聞いたが、無事に住宅手当は支給されることになったらしい。それで下村さんの引っ越し話は完全に無しになったようだった。

「やっぱり今の家のお風呂、気に入っているんだよね」

と下村さんは言っていた。

それなら仕方ない、気に入っている湯船は大切だから。

下村さんは、結局かまぼこからの慰謝料を受け取らなかったのではないか、と思った。実際にどうだったかは、下村さんが話さないので、私も聞かなかった。

「終わっちゃったけど、ちゃんと好きだった」

と言っていた下村さんの声が蘇ってきた。深夜の公園で、あれは、健ちゃんではなく、ピアノの話だったけど、終わっちゃっても、ちゃんと好きだったと言える下村さんの、その声がすぐそばにあるように何度も再生された。

「婚活頑張るよー」

下村さんはにこにこ笑いながらそう言った。

時々婚活パーティに行っているようで、今度は無口な人、とか今度は全国転勤がある人、とか近況を教えてくれた。

辞令が出れば、あとは異動日まであっという間で、私は後任への引き継ぎと、異動先の引き継ぎを慌ただしくこなした。

最終日に、山羊と下村さんとかまぼこたちが送別会をしてくれた。

「いや、送別会は、大丈夫です。新しい方が来たら、歓迎会を開いてあげて下さい」

と何度も山羊に訴えたが、愚鈍な山羊は優しい笑みを作って、

「遠慮しないで。みんなあなたをちゃんと送り出したいんだから」

と言った。下村さんがあっという間にお店を押さえた。いつかふたりではじめて飲みに行ったベトナム料理屋だった。

（どうして私じゃなくてかまぼこか下村さんを異動にしないんだろう。新しく来た人が苦労しなければいいけど）

そう思いながら送別会の時間を過ごした。もう私は十分気苦労を負った。もう誰に遠慮する必要もない。そう思うと、力が抜けた。

ベトナム料理屋にはコースもあって、今回は何を頼むか自分たちで決めなくても、自動的に料理が出てきた。

話題は適当に出てきた。毎日顔を合わせて働いているおかげで、仕事の話とか、社内の当たり障りのない噂話とか、それなりに共有しているものがあったから。

山羊が、中一の息子が反抗期で、奥さんから息子を厳しく叱るように言われるという話を眉毛を八の字にしながら始めた。

係長は、奥さんとどうやって出会ったんですか。

かまぼこ1が朗らかな声で聞いた。

看護師さんだって聞いたことがあります。

かまぼこ2が合いの手を入れた。

山羊の奥さんの職業なんて、どこでみんな知るのだろう。私には渡されていない教科書がこの世に存在するのではないか。人間関係ドリルとか小学校一年ぐらいで配られているんじゃないか？　という疑念が頭の隅をよぎった。

「スキー場で出会ったんだ」

山羊は言った。

それから山羊と奥さんの付き合いたての頃や結婚してからの話になり、みんな自分にはあまり話題を振られたくないのか、本当に興味があるのか、熱心に山羊の話に相槌を打ったりした。私は手持ち無沙汰で、料理を取り分けたり、飲み物を注文したりして、何とかその場に居場所を確保した。自分の送別会なのに、頑張って居場所を確保しなきゃいけないというのが、どうにも自分らしかった。

俺は結婚をしなかったら、いくらでも駄目になっていた、パチンコも止められないし、貯金もできないし、嫁と息子がいたから、何とか生きて来れた、だから結婚というのは、本当にいいもので、と山羊が何度も繰り返し同じ話をし始めたあたりで、

「反抗期ってどういう感じなんですか」

下村さんがビールを呷りながら、山羊に聞いた。気がついたら、下村さんは結構なペースでグラスを空けていた。笑みを浮かべて、今にも鼻歌でも歌い出しそうだった。

「嫁のパソコンを使って、見てはいけない動画を夜な夜な見ている」

眉毛の八の字が明朝体からゴシック体に変わった感じに顔を顰めて、山羊は

深刻そうに告げた。

「ええ！　それは、放っておいてあげたらいいじゃないですか！」

下村さんは言った。

かまぼこ1も同じような合いの手を入れて、かまぼこ2は微笑みを崩さずに口元に手を当てて笑っていた。

反抗といえば、私も反抗期がひどくて。親が厳しかったんですよ、と下村さんが話題を引き取って、犬小屋で眠っていた話、まろんの丸ボーロの甘い匂いの話がセットで披露された。

私はかまぼこ1の顔を盗み見た。この話をかまぼこ1は知っていただろうか。知っていただろう。誰にだって、下村さんはこの話をするのだ。

結婚はいいもの、と山羊が言うたびに私は胸に冷たい水をひっかけられたようにびくっとした。下村さんやかまぼこたちの顔を思わず見てしまう。結婚の話題がこれ以上長引くのは、リスクが高すぎる。そうは言っても、自分は大した話題を提供できない。

最近人気の映画やプロ野球の話題に移り変わって、かまぼこ2が料理教室に通い始めたとか近々旅行に行く計画を立てているなどと言い始めて、

「お、彼氏と行くの？」

と山羊が囃し立てたときには、思わず目をつむった。しかし、大学時代の友人とです、とかまぼこ2は落ち着いて答えていた。

ラストオーダーの時間が来る頃には、下村さんはぐでんぐでんに酔い始めていて、私は「お水要りますか？」とか「トイレ付き合いましょうか」などと下村さんの世話をすることでその場をやり過ごすことができた。

会の最後の挨拶で山羊が、

「最初ここに来た頃はどうなるものかと密かに心配したものですが、今は顔つ

きも変わって自信が出てきたことが分かります。これからもあなたらしく頑張って」

と言ってくれた。本当かよ。私は思った。

かまぼこたちも簡単な挨拶を私にしてくれて、頷いていると、何となく次は下村さんの番だという流れになった。全員で下村さんの顔を見た。

「言いたいことがあります！」

そう言いながら立ち上がろうとした下村さんが、そのまますてん、と後ろに転げた。テーブルと壁の隙間の狭いスペースに山羊が下村さんの下敷きになった形で一緒に転げた。グラスがいくつか倒れて、お酒が流れていった。わ！という声が上がる。

「大丈夫ですか」

かまぼこたちが下村さんと山羊を抱え起こそうとした。

「言いたいことがあります！」

下村さんがもう一度言って、両手を何かを捕まえるように動かした。かまぼこ1だ。

下村さんは目の前のかまぼこ1をしっかり捕まえて、それからぐっと体を起こした。

私はもう、誰の顔を見ていいか分からなかった。山羊はまだ床に倒れ込んだままだった。

「やめてよ！」

と鋭い声がして、それはかまぼこ2の声だと分かった瞬間に白いものがべちゃっと下村さんの顔を覆った。かまぼこ2が投げた布巾が下村さんに命中したのだった。

布巾は下村さんの顔面を覆った後、重力にしたがって、そのまま床に落下した。

「卒業、おめでとう！」

下村さんは布巾のことには目もくれず、そう言った。それからばっと立ち上がり、店の隅の方に駆け寄った。気がつかなかったのだが、壁際に一台のピアノが置いてあった。

店員は何も言わず離れたところからこちらを眺めているだけだったので、希望者は勝手に弾いてよいというシステムのようだった。蓋を開けて、赤い布を取る。両手をポジションに置いて、下村さんは少しだけ間を置く。

「今でも一番好きな曲」

そう言って、下村さんはピアノを弾き始めた。

何という曲か分からない。軽やかで、華やかな曲だった。下村さんの両手は魔法のように動いて、みんな黙って下村さんの傍に立ち尽くすことになった。

下村さんの肩が力強く上下して、一音一音、音が生まれていく。重なりが響きになって、明るさの中に寂しさがあるような、影の中に細いひかりがあるような転調を曲は何度か繰り返してクライマックスに向かう。人形だと感じた日があったことが嘘のように、下村さんの奏でる音楽には力強さがあった。音が迷いなく次の音を連れてくる。それが、音楽そのものになる。

「卒業、おめでとう!」

最後にもう一度下村さんは言った。

迫力に呆気に取られていた時間が途切れて、山羊が最初に、

「すごい!　すごく良かった!」

と拍手をし始めた。

それに続いて、私も拍手をした。

かまぼこたちも拍手をした。

下村さんは白い歯をキュッと見せて、にっこり笑ってみせた。

お店を出ると、流石に二次会に、という話にはならずに解散となった。別れ際、山羊はご機嫌で、「またピアノを聞かせてね」と下村さんに何度も繰り返していた。かまぼこたちの顔を私は見なかった。下村さんと私は二軒目に寄って、でもあっさりと二次会も終わって、いつものように酔っぱらった下村さんとふらふらぶつかり合いながら駅までの道を歩いた。

「あんたは本当によく働いたねえ」

下村さんが言った。

「はい。私は本当によく働きました。特に最後の何ヶ月かは大変でしたよ。頼りにしていた先輩が全然仕事に来なくなって」

私が言うと、

「本当だねえ。大変だったねえ」

下村さんは楽しそうに何度も繰り返すのだった。

「あんたは仕事が好きだもんね。私は、頭が下がるよ」

下村さんが頷きながら続けるので、

「仕事は確かに全然嫌いじゃありません。でも得意か苦手かでいうと、苦手です。あと、下村さんのことだって好きか嫌いかでいうと好きで、得意か苦手かでいうと苦手です」

「ええ？　そうなの」

「ええ、そうですよ。振り回されるから苦手です」

私も笑った。泣きたいような怒り出したいような気持ちが喉元まで迫っていた。

「さっき。さすがでしたね」

話題を変えた。

「さっき?」

「ピアノですよ。格好良かったです。暴れ出すとか、殴り出すとか、そういうの想像してひやひやしましたけど」

「あはは。あれはあなたに向けた餞別だからね」

ぶつかり合いながら、私たちはどちらからともなく笑い出していた。

「前に下村さん、子どもにピアノを教えるのが夢だって言ったじゃないですか。平凡な夢だって」

ええ? 眉をかすかに顰めて下村さんが私の顔を見た。ちょっとだけ近づいた下村さんの体をくっさい酒の匂いが包んでいた。

「あれ、平凡な夢じゃないと思います。いい夢です」

私は言った。「言う機会なかったけど、ずっとそう思っていました」

下村さんは立ち止まって、

「そういうあんたはあるの。夢とかそういうの」

と聞いた。

しばらく考えて、

「学生時代は小説家になりたかったです。本当に一回書いてみたんですよ。最後まで書き上がらなくて挫折しましたけど」

と答えた。下村さんは「ふーん」と下を向いた。それから思いついたように顔を上げて、

「ねえ、やっぱりしていいよ。ビンタ」

と言った。

「ええ？　なんですか急に」

私は聞いた。

「前に言っていたじゃん。私にビンタしたいって」

「確かに言いました。言ったし、割と今も思っています。一発殴りたいなって」

「ほら！　いいよ。しなよ！」

下村さんは言った。

「……いや、何か『しなよ！』って言われてする感じじゃないです。ちょっと違います、それ」

私は首を振った。

「あんたは私にビンタする権利あるけどね」

下村さんはまだ食い下がってきた。

「ビンタって権利でするものじゃないですから」

そう答えると「うーん、確かに」と下村さんは言った。それから携帯電話を取り出して、

「あれから『ビンタ』『動画』で調べてみたんだよ。そしたらこれ」と言って、とある動画を私に見せてくれた。

それは野坂昭如が大島渚をビンタしている動画だった。ビンタというか、普通に顔面を殴打していた。

「こんなイメージでいい？」

「ああ、そうです。こういうイメージです。私のビンタ」

そこまで言って、なんでこんな真面目な口調でこんな話をしているんだろうと思うと、笑えてくるのだった。

「たまには飲みに行こうね」

下村さんは言った。

「体に気をつけて」

私は返した。

そうして歩き出そうとしたところで、下村さんの肩が私にぶつかった。

私はよろける。それを下村さんがけらけら笑う。

私は、いつの間にか踊りはじめた下手くそで才能がないダンスを笑われているような気がして、何だかこそばゆいような心地が湧いてくる。ふたりの肩がまたぶつかる。それだけで楽しくて、声を上げてふたりで笑う。酒くさい下村さんが、いつものダンスを踊っている。いつまでも続く、下村さんのダンス。

急に思いついて、

「今日、お風呂貸してくれませんか」

と言ってみた。

「お風呂？」

下村さんがきょとんとした顔をした。

「下村さんのマンションの、お気に入りの湯船です」

私が言うと「何なのよ」と下村さんは笑い出す。

「他人の家のお風呂を借りて旅するのが趣味の老夫婦もこの世界にはいると言いますし」

不動産屋の太郎の話を思い出して、言ってみた。

それで結局ふたりでタクシーに乗って、下村さんのマンションに行った。下村さんはすぐにお湯を溜めてくれて、お風呂を待つ間にコーヒーも淹れてくれて、私はそれを飲んで、お風呂を普通に借りた。

一人暮らしには広くて、足も思いっきり伸ばせるお風呂だった。これが下村さんのお気に入りのお風呂かあ。髪も洗って、体も洗って、遠慮なく湯船に自分の体を沈めた。

勢い余って、お尻が浮力でちょっと浮いて、顔がお湯に浸かった。慌てて、体勢を戻す。下村さんが入れてくれたのだろうバスオイルがアロマのいい香りを放っていた。

私は老夫婦の気持ちを、ちょっと想像したんだった。残りの人生、ちょっとずつ他人に迷惑をかけて生きていこうとふたりは話し合ったのではないかなと。他人の家で急にお風呂を借りるなんて、迷惑だし、入り込み過ぎだし、めんどくさいし、図々しいんだ。でも、ちょっとずつそうやって、誰かの世界に入り込んで、迷惑かけて、生きていっていいんじゃないか。

そう思いながら、しばらくお湯の中にいた。指先がふやけて、温泉マークみたいなしわが十本の指に均等にできたところで、お風呂から出ると、

「いいお風呂だったでしょ」

と下村さんが言った。ハイボールの空き缶がテーブルに二本並んでいた。

「いいお風呂でした」

私は答えた。

そうやって私と下村さんの二年半に及ぶ付き合いには区切りがついた。新しい異動先は嫌になるほど仕事が多く、下村さんと飲みに行く機会は結局なかった。元の部署では、私が抜けたからといって仕事に大きなトラブルが起きたという話も聞かなかった。抜けた人の穴はどうしたって埋められていく。それが会社という場所だと知った。一年ほどして、かまぼこたちが結婚したことと下村さんが退職したことを知った。下村さんにメールをすると短い返事が来た。「今度は絶対飲みに行こう!」と書かれていた。それでもタイミングを逃しているうちに、さらに二年ほどの時間があっという間に経って、今度は私の方の環境が変わることになった。結婚が決まって、それを機に会社を辞めることになったのだ。

そのことを下村さんに伝えようとして久しぶりにメールをしたが、宛先不明で送信不能となってしまった。連絡先を下村さんは全て変えたようだった。会社の中で探せば、それでも下村さんの連絡先を知っている人が見つかる可能性はあると思った。何より下村さんには親しく付き合っている人が多かったし、私より何倍も事情に詳しい人だっていたはずだった。でも、何となくそれ以上、下村さんの連絡先を知っている人を探すことはできずに終わった。

報告したいことがひとつあった。

私が結婚する相手は、太郎だった。あの日、下村さんが知り合って、私と引き合わせてくれた太郎だ。

あのあと、太郎から連絡が来るようになり、時々ふたりでご飯を食べるようになった。ふたりでいるのが一番ほっとするような関係性にいつの間にか変わった頃に、プロポーズを受けた。

新しく暮らすことに決めた部屋は、いつか下村さんと見に行った部屋にどことなく似ていた。大きな窓があって、じゅうぶんな日差しと風が入る。

「いい風だー」と思わず声に出すと、

「いい風だー」と太郎が返してくれる。

ふたりのおでこを夏や冬の風が撫でて去っていく。

「下村さん、覚えている？」

「覚えているよ。ゆりさんでしょ。お酒本当に強かったよね」

太郎も懐かしそうに頷く。

「ハイティーン・ブギを潰した話、あれ多分本当だよな」

太郎が言う。

「ハイティーン・ブギって何だっけ」

私が聞くと、

「ゆりさんの地元にあったカラオケボックス」

と太郎が答える。

一度だけ太郎の提案で、前に下村さんの部屋があったマンションに行ってみることになった。

「なんかちょっと、ストーカーっぽいかな」

私が眉を顰めて言うと、

「そう言えば、ゆりさん、あの頃ストーカーしていたね」

太郎が笑う。

思い切ってマンションに行ってみたけど、下村さんはもうそこに住んでいなかった。なんでもっと早くこうしなかったのだろうと後悔した。その横で太郎が、「子どもの頃、他人の家のお風呂に入るのが趣味で旅しているって老夫婦が家に来たことがあって……」ともう何度も聞いた話を始めたりする。

「その話、もう何回も聞いたよ。こないだあなたの実家に行ったとき、お義母さんからも聞いた」

「そうだっけ？」

「そうだよ」

私は太郎の横顔を見やった。

「なんか、いいよね。そういうの」

「そういうの？　何？」

「おんなじ話何回もする人っていいよね」

「ええ？　もうちょっとあるでしょ、俺、他にいいところ」

何となく会話は途切れて、私たちは下村さんのいなくなったマンションをしばらくじっと眺めていた。

それから十数年という時間があっという間に経った。

＊

もう一度予約を取って正式な検査に来るように医師は極めて事務的な口調で告げた。今日出来るのはエコー検査までで、正確なところは細胞診をしてみなければ何とも言えません。視線をカルテから動かさずに医師が告げる。悪性か良性かの確率は五十パーセントです。

悪性の場合は、どうなりますか。私は尋ねた。

手術をして取り除きます。断言はできませんが、おそらく手術は可能だと思われます。

頷いて、診察室を後にした。指示どおり、次の水曜日に細胞診の検査を予約する。予約は埋まっていて、一週間待たなければ順番は回ってこない。

清潔に整えられたあかるい待合室には、大勢の患者さんが皆俯いて座っていた。無料で紅茶やコーヒーが飲めるコーナーもある。次の人の名前が呼ばれる。待っていると自分の名前も呼ばれ、必要な代金を支払い、病院を後にする。

先ほどのエコー検査の様子を思い返す。照明を落とされた部屋でリクライニングシートのような椅子に座らされた。冷たくて粘り気のある液体が喉元に塗られて、そっとエコーの機械が喉にあてられた。上を向いて、時間が経つのをじっと待った。若い技師が、一度だけ部屋を出入りした。その後からもうひとり入ってきて、もう一度ちょっと冷たいですよー、と言われながら喉元に液体を塗り直された。目に入ってくる壁際には書類が積み上げられており、壁にいくつかの付箋が貼られていた。何もすることのない私は、読むでもなくその付箋紙を読んでいた。赤い字で「太田からのお願いです!」と書かれていた。ふたりはディスプレイを覗き込んで何やら話していたが、その声は聞こえなかった。

思えばあのやりとりが、腫瘍があったということだったのだな。検査の途中で人が呼ばれた時点で、もう少し予感を抱いてもよかったかもしれない。冷静に思えば、そうだったのだ。

先月職場の健康診断を受け、甲状腺にやや肥大が見られるため、病院で正式な検査を受けるようにと通知があった。忙しくてついつい後回しにしていたが、夏なのに妙に足が冷えるという話を、いつも一緒にランチを食べている前田さんと原さんにしたところ、あら、いやだ、あなたそれやっぱり検査にちゃんと行った方がいいわよと強い口調で説得され、自宅近くの甲状腺専門医院を受診したのが今日だった。

あっという間に私は四十歳になった。

会社に行くのは午後からでよかった。中途半端に時間が余った。掘り出し物が多いと評判のディスカウントストアが病院の最寄り駅の近くにあったので、立ち寄ることにした。三段ボックスのコーナーで立ち止まって白い木目調のものに手を伸ばしかけたところで、何かかたまりが目の端でふいに動いた感じで、

「あれっ」

と大きな声が聞こえた。振り返ると、下村さんがそこに立っていた。

「ほんものの下村さんですか！」

思わず声を上げた。声を上げながら下村さんを自分の目で捉えようと、ぐっと眉間に力を込めた。

「ええ？　うん、ほんものだよ。あなたこそ、ほんもの？」

「ほんものです！」

力を込めて答えると、下村さんは白い歯を見せて笑った。

私たちは、やだ、久しぶり、本当に下村さんですか、そうよう、何年ぶりか

しら、こんな偶然あるんですね、こっちに親戚の家があるのよ、やだ、変わってない、いや、もう今年で四十歳ですよ、ええー、あなたが？　そりゃ私も年を取るはずねなどと矢継ぎ早に会話を交わして再会を確かめ合った。

「本当に、何年ぶりになるの」

下村さんが聞いた。

「十五年とか、それぐらいですかね。下村さんと働いていたのは、私が新卒の頃でしたから」

私は答えた。

下村さんはびっくりするぐらい下村さんだった。

まるで昨日も一緒にこうして立っていたんじゃないかと錯覚するほど下村さんだった。

「ここで何をしているの」

下村さんが聞くので、

「三段ボックスを買いに来たんです」

私が答えると、下村さんは目の前にあった三段ボックスに視線をやった。

「ふうん、いい感じね」

下村さんがそう言って笑うと、相変わらず親しみの溢れるえくぼがきゅっとその頬にできた。

「元気でしたか」

そう聞くと、下村さんは、

「そうね。今はお能をしているわ」

と言った。

そこで下村さんが手短かに語った近況としては、私が異動した後、下村さんは花嫁修業をしようと生け花をはじめた。これに熱心にはまった。そのうち、着物のことや生け花の所作や立ち回り、歴史のことやその精神世界を深めたくなり、色々勉強をしているうちに能に行き当たった。これにまた熱心にはまった。十年前に思い切ってその道一本に絞って、それ以来ただ一本道を歩いて今に至るという次第だった。

「能ですか」

テレビでたまに見かける程度で特に知識もない私は、その話題をそれ以上広げることはできなかった。広げることはできなかったが、あの頃の下村さんのダンスに夢中になる才能が今目の前にいる人に一本にまっすぐに繋がっているのだということは分かった。会わなかった歳月だけ、年を取って、下村さんは、背筋がすっと伸びていた。

「いや、懐かしいわ。なんかあの頃は迷惑かけたわよね」

下村さんは言った。

「ほんといい加減にしてくれって思っていましたよ」

私も言った。

「あなたほんと働いていたわね」

下村さんは頷いた。

「私は本当に働いていましたよ」

私も頷いた。

「それであなたはどうしているの」

下村さんは言った。

「先月離婚して、新しい部屋に引っ越したところです。笑っちゃうくらいに部屋に何もないし、とりあえず離婚したら、まずは三段ボックスを買うものかと思って買いにきたんです」

「離婚？　あなた、結婚していたの」

下村さんは首を傾げた。

「はい、先月まででしたが、していましたよ」

「それはお祝いもせずに、申し訳ないわね」

「ああ。そう言えば、入籍するとき、下村さんと連絡がつかなくて、ちょっと探したりしたんですよ」

話しながら、太郎のことを伝えたかったから、という言葉が出かかったが、一瞬迷って、口にするのは止めた。

「それで、三段ボックス？」

「ああ。はい、三段ボックスを探しています」

そういえば私の友達も離婚して三段ボックス買っていたよー、車出して引っ越し手伝った子がいてさ。下村さんはハンドルを握るジェスチャーを軽くしながら言った。

「旦那さんが暴力を振るう人でさ。夜中に逃げてきたり、大変だったんだよね。それで計画を立てて、ある日家出を決行したわけ」

下村さんの周りには相変わらず波乱万丈な人たちが沢山いる。「大丈夫だったんですか？」眉を顰めて尋ねる私に、

「大丈夫。今は子どもたちと一緒に穏やかに暮らしている」

下村さんは力強く言った。

それからもう一度白い木目調の三段ボックスを見て、棚板に触って確かめたりした。

「いいじゃん、これ、丈夫そうだよ」

そう言いながら、下村さんはふいに、

「それで、どうだった。あなたの三十代は？」

と言った。

ちょっと答えに詰まった。たぶん困った顔をした私を見て、下村さんは笑った。

「三十代は人を別人にするからね」

「三十代は人を別人にしますかね」

ぴんと来るような来ないような見解だと思った。

私は、三十代は結婚生活をして、離婚をした。子どもには恵まれなかった。その答えを考えたこともなかった。口にする瞬間でさえ、考えなかった。でも、下村さんの問いかけに私はするりと答えを見つけた。

「なんか、普通の人が高校生ぐらいで経験することを味わわせてもらったかもしれません」

「え?」

「いや、私の三十代です。今聞いたじゃないですか」

私は答えた。

「へえ。いい三十代だったんだね」

三段ボックスを検分するためにしゃがんでいた下村さんが、眩しそうに目を細めて私を見上げたので、大げさなことを言ったかなと急に恥ずかしくなった。

「下村さんの三十代はどうだったんですか。別人になりましたか」

ええ、ううん、そうだねえ、と下村さんが言った。

「なったわねえ、別人に。それはもう別人に。激動だったわよ、そうなる前にはもう二度と戻れない。そういうことが生きているとあるのね。ああ、私、ちょうどその頃にあなたとも一緒にいたんだったわね」

「はい、一緒にいましたね」

私は頷いた。一気にあの頃のいろんなことが思い出された。下村さんはあの頃、激動だったのか。傍目から見てもそうだった気もするし、私は肝心なことは何ひとつ知らないままのような気もする。それから思わず、言葉を重ねた。

「ちゃんと決心をしても、またすぐに迷いますね。生きていると、怖いことが沢山あって」

先ほどの病院のことが頭をよぎっていた。離婚を決めたときには、自分が病気になることがあるなんて想像もしていなかった。新しい生活を始めるというタイミングで健康診断に引っかかって、自分でも間の悪さに随分落ち込んだ。病院に行くのも、結果を聞くのも、これからのこともひとりで受け止められるだろうか。そう思うと、自分の決断が間違いだったのではないかと何度も思っては落ち込んだ。

でも、生きていくというのはそういうことで、一瞬先のことが真っ暗で何も分からなくても、太郎とふたりで悩んで決めた離婚という結論が間違っていたとは思いたくなかった。先に進むために、決めたことだった。

「あるわねえ、生きているとねえ」

下村さんは聞いているんだか聞いていないんだか分からない感じに頷いてい
る。

「怖いことを、ちゃんと怖がれるようになったのが、私の三十代だったのかも
ねえ」

「ええ？」

「いや、私の三十代よ」

「そうですか」

下村さんが大真面目に頷くので、私は思わず吹き出してしまった。

「だから人を頼るようになったわね。今のこともね、父と母にずいぶん支えて
もらっている」

「ああ。犬小屋で眠っていたお父さんですか」

「犬小屋で眠っていたのは、私よ。父ではなくて」

「そうでした」

「昔は似たもの同士過ぎて反発をしていたけど、年を取って、そういうところが理解できるというか、何だかしっくりいくようになったのよ」

「そうですか」

下村さんも、と私は続けた。

「下村さんも、怖いことがあるんですね」

「あるわよう。怖いことは、怖い。さみしいことは、さみしい。うれしいことは、うれしい、それしかないわよ」

笑った顔のまま下村さんが三段ボックスの向こうに消えて、おでこのところだけが見えた。あれ、この角度で見たらかまぼこみたいに見えるだろうか。思わず目を細める。

いい三十代だったんだねー。

さっきの下村さんの声が私を追いかけてくる。「高校生で味わうことって、何？」と聞くこともなく、下村さんは私の言葉をただ何でもなしに受け入れて、言葉をぽんと投げ返してくる。「高校生で味わうことって、何だろう？」自分で言ったことを、自分で考えながら、この十年間のことを辿っていこうとするのだけれど、例えば思い出されるのは、食卓で太い腕を掻いていた太郎の姿だったりする。私は、不妊治療のことを懸命に話していた。太郎は、ベランダの方をぼんやり見つめていて、「ああ、かゆい」と言って、腕を掻いていた。窓が開いていて、夜の風が吹いていた。そうやってないものにされる感情や言葉が、喉の奥に詰まって息ができなくなった。息ができなく、させているのは私だろうか、と思うと、もっと何も言えなくなった。考えなくてよいこと、気にしなくてよいこと、そういうことが分からない私は、太郎をどんどん窮屈にさせていった。社会と自分とのバランスを器用に取ることができる太郎が、いつも頼もしかったのに、理解できるつもりでいたのに、私は空洞のようになっていった。私の空洞は、太郎を息苦しくさせた。たったふたりきりの関係の中でも、私は「馴染む」ことができなかったのかもしれなかった。

そういう記憶のもっと奥に、あったんだろうか、怖いこと、さみしいこと、うれしいこと、味わいたいと思うような瞬間、忘れたくないと思える何か。

思い出せなかった。思い出せないのに、生まれ出た言葉はもうそこにあって、下村さんがそう言うなら、きっとそうだったんだと追い風のように胸に届く。

「下村さん」

思わず声をかけると、

「何？」

私の声に下村さんが顔を覗かせる。

「私、ビンタしましたよ。離婚するとき、夫を、思いっきり」

「ええ？　何それ。あなた、そういう感じだったっけ」

「覚えていないんですか？」

「ビンタと言えば、野坂昭如と大島渚のビンタの映像を時々 YouTube で見返すよ。何か元気が出るんだよね、あれを見ていると」

「それですよ、それ！」

「それって何？」

私が覚えていてほしかったことを、下村さんはすっかり忘れている。私の方は、下村さんにイライラする気持ちを鮮明に思い出す。あの頃、私は結構、下村さんにイライラしていた。いい加減にしてよ、と心の中で舌打ちしまくっていた。勝手なことばかりして、自分で全部決めて、体当たりばっかりだから、いつもどこかにぶつかって、傷だらけだった下村さん。私はそれが心から羨ましかったんだ。

「本当に忘れたんですか」

私は何だかおかしくなってきて、笑い出しながら、もう一度尋ねた。

「ええ?　何を?」

下村さんも白い歯を見せて笑う。下村さんが忘れてしまっても、構わない。下村さんが忘れてしまっていても、私がちゃんと覚えている。いや、私だって都合の悪いところは忘れて、勝手に書き換えて、あの頃の記憶を自分勝手な何かにすり替えているのかもしれない。私はちょっと考えて、

「さっきの、三十代の話」

と言った。

「うん」

下村さんが頷いた。

「本当は、本を読む楽しさを改めて知ったとか、そういうことかもしれません」

「ええ?」

「いや、私の三十代です。さっき、大袈裟なこと言ったかなって。本当はそういうことかもしれません」

下村さんは、ちょっと黙った。だからといって、特に何かを考えているようでもなく、

「ふうん。やっぱり、いい三十代だったんだね」

と言った。

「はい」

私は答えた。

下村さんは、三段ボックスの向こう側に沈んでいった。おでこだけがこちらから見えており、やはりかまぼこのように見えるのだった。

（ああ、やっぱりイライラする）

そう思うと、私は何だか力が湧いてきて、そうだ、まだ沢山読みたい本があるんだったとかそれよりも何かもっと大切なこととか、思い出せそうな気がしてくるんだった。

「これにしなよ」

ひょいっと私の横に並んで下村さんが言った。三段ボックスのことだった。

もう一度見つめてみたが、やっぱり下村さんの背筋はまっすぐに伸びていた。

そのすっと伸びた下村さんのすぐ奥にハイティーン・ブギを潰した下村さんもいて、かまぼこ時代の下村さんもあの日ピアノを弾いた下村さんもちゃんといいて、その下村さんたちも一緒にすっと背を伸ばしているように思った。

それからまたしばらく同じようなところを往復するお喋りを続けて、じゃあ、またねと軽く手を振って下村さんは人混みの向こうに消えて行った。

装画
unpis

初出
「新潮」2024年11月号

竹中優子（たけなか・ゆうこ）
1982年山口県生まれ、早稲田大学第一文学部卒。2016年に「輪をつくる」50首で第62回角川短歌賞、2022年に第一歌集『輪をつくる』で第23回現代短歌新人賞を受賞。同年、第60回現代詩手帖賞を受賞。2023年、第一詩集『冬が終わるとき』で第28回中原中也賞最終候補。2024年、本作で第56回新潮新人賞を受賞、第172回芥川龍之介賞の候補となる。

ダンス

著者
竹中優子《たけなかゆうこ》

発行
2025年1月10日

発行者　佐藤隆信
発行所　株式会社新潮社
〒162-8711 東京都新宿区矢来町71
電話　編集部03-3266-5411
　　　読者係03-3266-5111
https://www.shinchosha.co.jp

装幀　新潮社装幀室
組版　新潮社デジタル編集支援室

印刷所　大日本印刷株式会社
製本所　加藤製本株式会社

乱丁・落丁本は、ご面倒ですが小社読者係宛お送り下さい。
送料小社負担にてお取替えいたします。
価格はカバーに表示してあります。

ISBN 978-4-10-356081-4 C0093

小島　小山田浩子

被災地、自宅、保育園、スタジアム——様々な場所での日常や曖昧なつながりが世界をかすかに震わせる。海外でも注目される作家の現在を映す14篇を収めた作品集。

アンソーシャル ディスタンス　金原ひとみ

パンデミックの世界を逃れ心中の旅に出る若い男女を描く表題作や、臨界状態の魂が暴発する「ストロングゼロ」など、どれも沸点越え、読めば返り血を浴びる作品集。

骨を撫でる　三国美千子

「死ぬまで親きょうだいを切られへん」土地と血縁に縛られつつ、しぶとく、したたかに生きる人間たちを描き出す表題作ほか一篇。三島賞作家の受賞後第一作品集。

道化むさぼる揚羽の夢の　金子薫

蛹のように拘束され、羽化＝自由を夢見る男。不条理な暴力の世界から逃れるため、命懸けで道化を演じるが——。注目の新鋭が圧倒的力量で放つディストピア小説。

キュー　上田岳弘

五十年以上寝たきりの祖父は、やがて人類そのものになる——憲法九条、満州事変、そして世界最終戦争。超越系文学の旗手がその全才能を注いだ、芥川賞受賞第一作。

叩く　高橋弘希

闇バイトで押し入った家で仲間に裏切られ、住人と共に残された男——理由も分からず妻に去られた夫、海に消えた父を待つ娘など、すぐ隣の日常に潜む不可思議さを描く作品集。